그림 최명미

디자인과를 졸업해 현재 일러스트레이터로 활동하고 있습니다. 『놀라운 자연』시리즈, 『우당탕탕 농촌 유학기』와 『철부지 산촌 유학기』, 『이제부터 민폐 좀 끼치고 살겠습니다』, 『환경뉴스 지금 시작합니다』, 『너에게 가면』등을 그렸습니다.

황석영의 어린이 민담집

24 · 소문난 점쟁이 이메뚜기

글 황석영 · 그림 최명미

아이휴먼

작가의 말

예전에는 할아버지가 손자, 손녀들을 모아 놓고 화롯불에 밤을 구워 주시며 옛날이야기를 들려주셨습니다. 또한 여름밤에 집 마당에 멍석을 깔고 누워 찐 옥수수도 먹고 하늘의 별들을 헤아리면서 할머니가 해 주시는 옛날이야기를 듣다가 슬그머니 잠이 들기도 했지요.

할아버지가 주름진 얼굴을 더욱 찡그리며 "이놈, 혼내줄 테다!" 하고 도깨비방망이로 때리는 시늉을 하면, 우리 어린 것들은 기겁하면서 뒤로 넘어졌어요. 할머니가 갑자기 두 팔을 번쩍 들고 손가락을 움키면서 목소리를 바꿔 "떡 하나 주면 안 잡아먹지!" 하면, 정말로 호랑이가 할머니 옷을 입고 나타나기라도 한 듯 우리는 비명을 지르며 목을 움츠리고 눈을 꼭 감아 버렸고요.

우리 민족은 예로부터 노래하고 춤추기를 잘했다고 하는데, 이야기하기는 더욱 잘하고 즐겼다고 생각해요. 밭두렁, 논두렁, 사랑채, 행랑방 등에서 노래하고 춤추고 신나게 풍물놀이 하고, 재

미있는 이야기를 서로 전하면서 울고 웃으며 살아왔던 것이지요. 강 하나 건너고 산이나 고개 하나 넘으면 말투와 음식이 달라지듯이, 마을마다 고을마다 전해 내려오는 이야기는 제각기 다르고 참으로 많기도 했지요.

오늘날에는 컴퓨터나 스마트폰이 있어 온 세계의 이야깃거리를 만나기가 아주 편리해졌어요. 안데르센의 동화, 그림 형제의 민담, 그리스 로마 신화 등을 손쉽게 읽을 수 있고, 인공지능이 창조해 낸 이야기도 공중을 날아다니지요. 이런 다양한 이야기들은 어린이들에게 상상력과 창의력을 심어 주고, 무한한 꿈을 꿀 수 있게 도와줍니다.

지금은 우리네 할머니, 할아버지가 들려주시던 옛날이야기들이 어린이들에게 직접 전해지는 시대가 아니게 되었지요. 그럼에도 우리 옛이야기는 어린이들의 마음속에 정체성을 심어 준다고 생각해요. '나는 누구인가?'를 알게 해 주는 것이지요. 우리가 바

깥 세상에 나가서 다른 나라 사람들을 만났을 때, 우리 자신의 정체성이 마음속에 자리를 잡고 있다면 좋겠어요. 나 자신을 사랑하는 이가 다른 사람도 사랑할 수 있으니까요. 그것이 세계 속의 나와 우리일 거예요.

이제 한반도를 넘어 세계시민이 될 어린이들이 우리 이야기를 통해 '나는 누구인가?' 하는 물음에 답을 찾았으면 하는 바람에서, 우리 옛이야기를 모아 '황석영의 어린이 민담집'을 펴냅니다.

우리 어린이 독자들뿐 아니라 엄마 아빠들도 아이들의 잠자리 머리맡에서 이 이야기들을 함께 도란도란 읽어 보았으면 합니다. 그날 밤에는 어른과 아이가 같은 꿈을 꾸게 될 거예요.

황석영

차례

황석영의 어린이 민담집

소문난 점쟁이 이머뚜기

옛날에 성이 이씨인 사람이 살았어요. 그는 외지로 장사 다니는 일을 했는데, 십여 년을 나다녔어도 돈을 모으기는커녕 겨우 밥이나 먹고 살았지요.

그러다가 모처럼 빚까지 얻어 해산물을 사들여 대처에 나가 팔았지만, 하필 장마철을 만나 물건이 썩고 상하여 큰 손해를 보고야 말았습니다.

장사꾼 이 서방의 마누라는 빈손으로 돌아온 남편에게 싫은 소리를 퍼부었습니다.

"내가 이럴 줄 알고 건어물에 미역이 철에 맞지 않다고 말렸거늘, 장마 때문에 모두 버렸으니 빚돈은 어찌 갚으려오? 애는 한둘인가? 연년생으로 다섯을 내리 낳았으니 뭘로 우릴 벌어 먹이려나?"

"아무래도 장사는 내게 맞지 않는 일인 듯하오."

이 서방이 한탄하니 아내가 말했어요.

"마침 우리 동네에 용한 판수(남자 무당)가 왔다니

가서 사주(태어난 날짜와 시간)로 점 한번 보고 와요. 우리가 못사는 이유라도 알아야 할 거 아니우?"

아내의 말이 그럴듯해 이 서방은 점쟁이가 왔다는 주막을 찾아갔어요. 그런데 사주 한 번 보는 데 백 냥을 내라는 겁니다. 그는 아내를 설득하여 집안 살림을 모두 걷어다 팔아서 겨우 팔십 냥을 마련했어요. 백 냥에 못 미치는 그 돈을 들고 점쟁이를 찾아가 간절

히 사정한 끝에 마침내 사주팔자를 보게 되었습니다.

그 용하다는 점쟁이는 이 서방의 사주를 적은 종이
와 얼굴 생김새를 번갈아 살피면서 고개를 갸웃갸웃
했지요.

"허허, 참으로 기묘하다. 당신은 나처럼 점을 치고
다녀야 먹고살겠소. 점쟁이로 나서면 하늘이 낸 재주
로 천하의 명판수가 되리다."

소싯적에 서당에 다니며 천자문이라도 읽었다면 모를까, 이 서방은 낫 놓고 기역 자도 모르는 사람이에요. 뭘 좀 아는 체하며 다니다가는 괜히 맞아 죽기 십상인데, 그런 사람더러 점쟁이를 하라니요?

　　풀이 죽은 그는 집에 돌아와 마누라에게 말했어요.

　　"사주를 봤더니 어디 가서 용하게 점을 치고 다녀야 먹고산다는데?"

　　아내는 남편이 어떤 사람인지를 잘 아는지라 낙심했지요.

　　"에이, 괜히 틀린 말로 맞아 죽기 좋을 만하우."

　　"그래도 그게 살길이라니 해 봐야지, 뭐."

그렇게 이 서방은 길 떠날 채비를 했고, 아내는 곧
돈 벌어서 찾으러 온다며 다섯 아이를 친척 집에 이
리저리 맡겨 놓았어요.

　다 쓰러져 가는 삼간 집을 팔고 살림까지
모두 헐값에 넘겨 점 보는 복채로 쓴
뒤라, 여비라고는 겨우 다섯 냥만 손
에 쥐고 부부는 길을 떠났습니다.

이 서방 부부가 어느 동네를 지나가다가 제법
큰직한 기와집 대문 앞에서 잠시 쉬고 있었어요.
그때 안에서 한 노인이 나오더니 지게 다리를
자귀(나무를 깎아 다듬는 도구)로 뚝딱뚝딱 깎아요.
그런데 연장 다루는 모습이 영 서툴러서 빗나가
면 손등 발등도 찍을 것 같았지요.
그 모습을 지켜보던 이 서방이 혼잣

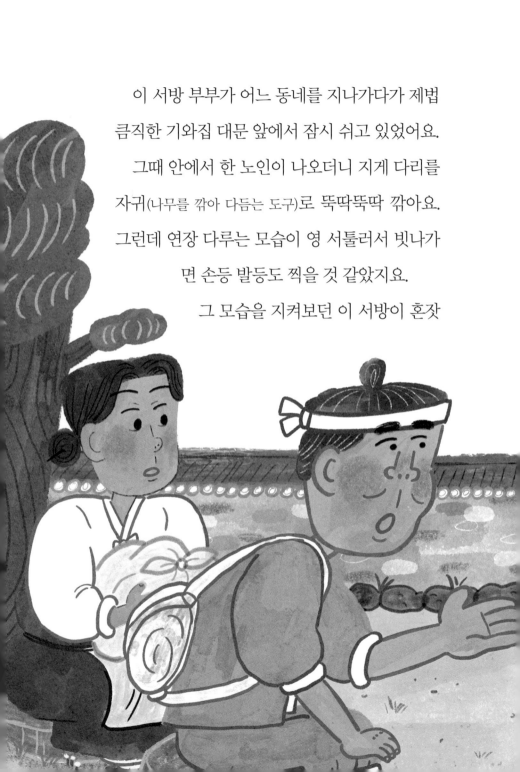

말로 한마디 툭 던져 봅니다.

"허, 그 양반, 뒷집 자귀 얻어다 깎는구먼."

하니 노인이 일손을 멈추고 쳐다보며 물었어요.

"아, 뭐 좀 아시오?"

"예, 제가 아는 소리 좀 하쥬."

그러자 노인은 자귀를 내팽개치고는 이 서방 부부
를 기와집 안으로 이끌었어요.

"이리 좀 들어와 보슈. 아, 우리가 황소 한 마리를
잃어버렸는데 그러잖아도 점을 보러 갈 생각이었소.
한번 봐 주시구려."

얼떨결에 노인을 따라 들어간 이 서방이 집 안을
둘러보니 안채, 사랑채, 행랑채를 갖춰 기와집의 격이
있는 거예요. 대단한 양반 댁만큼은 아니지만 광도
큼직한 것이 수백 석지기 부농의 집이 틀림없었지요.

이 서방은 속으로 생각했어요.

'이거 참 잘되었다. 배고프니 일단 저녁 밥상에 술

도 한 잔 받아먹고, 재수 좋으면 하룻밤 자고 내일 아
침까지 푹 쉬어 갈 수 있겠구나.'

이제부터 점쟁이 행세를 하기로 작정한 이 서방이
주인장에게 말했어요.

"난 정신 맑은 아침에나 점을 치지, 저녁 점은 못
합니다."

"아, 그러신가? 그럼 아침까지 그저 푹 쉬시오."

주인장은 이 서방 부부를 손님방에 모셔 두고 밖으로 나갔습니다.

　잠시 후 저녁밥 때가 되자 교자상에 산해진미 가득한 칠 첩 반주 겸상이 들어와요. 마누라는 남편의 실력을 아는지라 망신당하고 쫓겨날까 봐 켕겨서 이 맛난 밥상을 눈앞에 두고도 제대로 못 먹었지요.

　반면 이 서방은 음식이 들어오자마자 허겁지겁 먹다가 아내가 가만히 있는 것을 보고는 어서 먹으라고 권하기까지 했습니다.

　"걱정 말고 어서 밥술이나 뜨지그래. 어찌어찌 빠져나가는 건 내가 하지, 당신더러 하래?"

　먹음직스러운 음식 냄새에 침만 꼴깍 삼키던 아내도 남편을 따라 밥을 먹었습니다.

보통 때는 점심부터 저녁까지 굶기를 밥 먹듯 했는데, 잘 차린 밥상을 앉아서 받아먹으려니 이렇게 좋은 팔자가 달리 없었지요.

　그런데 이 서방이 하룻밤 자고 일어나 가만 생각하니 점 치는 시늉을 하려 해도 아는 게 없어요. 무슨 근거라도 있어야 뭐라고 둘러대기라도 할 텐데 말이지요. 그저 소를 잃어버렸다고 하니 소도둑놈이 와서 끌어갔겠거니 생각했어요.

　이 서방은 주인을 앞에 두고 중얼거렸습니다.

　"도둑놈이 밤에 왔구먼. 밤에 왔어."

그러자 주인 영감의 눈이 휘둥그레졌어요.

"오, 그래! 온 서방이 없어지자 소가 없어졌어. 그 놈을 잡아다가……!"

이 말을 듣고 이 서방은 눈치코치로 짐작했지요.

'온 서방이란 놈이 소를 끌고 갔구먼. 그놈 형제가 있을 테지? 온이란 놈은 소를 데려갔고 그 형제란 놈이 있다면 그놈은 집에 있을 테고…….'

이 서방은 생각 끝에 이렇게 소리칩니다.

"그 온이란 놈의 형제 놈을 잡아다 족쳐라!"

온 서방한테는 정말 형이 있었어요. 점쟁이의 말에 정신이 번쩍 든 주인 영감은 하인들을 시켜 온 서방의 형을 잡아다 댓돌 아래 꿇려 놓았지요.

"네 동생을 찾아내라! 못 찾으면 치도곤(죄인을 때리는 데 쓰는 매)을 먹일 터이다!"

느닷없이 끌려와 영감의 호통까지 들은 온 서방의 형은 곧장 항복했습니다.

"그, 그놈이 잘 가는 산골짜기를 알고 있습니다!"

온 서방의 형은 사람들을 이끌고 산으로 올라갔습
니다. 가 보니 정말로 영감네 소가 있는 거예요.

산골 나무에다 고삐를 바투 매고 소를 먹이면 소가
기가 죽어 소리를 못 지른대요. 온 서방은 그렇게 소

를 길들인 다음 팔아먹으려고 했던 것이지요.

며칠을 산속에 묶여 있던 소는 이 서방 덕에 주인에게 돌아가게 되었습니다. 애초에 주인 영감은 소를 찾아 주는 사람에게 소 값의 반을 주겠다고 했대요. 그래서 이 서방은 점쟁이 행세를 하자마자 큰돈을 벌었지요.

시골 부잣집에서 대접 잘 받고 돈까지 벌게 된 이 서방 부부는 이제 다른 고장으로 넘어가는 고갯길에 올랐어요. 그런데 아직 잡히지 않은 온 서방이란 놈이 몰래 숨어서 부부의 뒷모습을 가만히 지켜보며 기회를 노리고 있었습니다.

'저놈의 점쟁이만 아니었더라면 소를 잘 팔아먹었을 텐데, 일을 망쳐 버렸어. 내가 당장 저 망할 놈을 쫓아가서 때려죽여야 속이 풀리겠다!'

온 서방은 부부를 뒤쫓아 고개를 오르며 외쳤어요.

"이놈, 게 섰거라, 섰거라!"

이 서방의 아내는 온 서방이 아직 꽤 멀리 있지만 곧 닥칠 것을 알고 허둥대며 남편에게 말했습니다.

"저기 보셔요! 이제 우린 맞아 죽었수! 저놈이 곧 달려들 텐데 어찌하시려오?"

"아, 맞아 죽더라도 여럿 있는 데서 맞아 죽어야지 여기서는 안 돼. 저 너머에 주막집이 있을 테니 빨리 넘어갑시다!"

부부는 걸음아 나 살려라 하고 고개를 뛰어 넘어가

주막집 대청에 앉아 가쁜 숨을 몰아쉬었어요.

　한편 온이란 놈이 점쟁이를 혼내려고 쫓아가다가 생각하니 이유도 없이 덮어놓고 때려죽일 수는 없는 노릇인 거예요. 뭐 뾰족한 수가 없나 하고 주변을 두리번거렸는데, 마침 바로 발치 호박잎 위에 메뚜기 한 마리가 뛰놀고 있었어요. 그는 메뚜기를 호박잎으로 싸서 손에 꼭 쥐고는 주막으로 달려들어 이 서방을 향해 대뜸 소리쳤습니다.

"네놈이 점을 잘 친다니 내 손에 뭐가 있는지 알겠구나. 모르면 내 이 주먹으로 네놈의 삭은코(크게 다쳐 코피가 잘 나는 코)를 박살 내고야 말겠다! 네가 그리도 잘 안다면 이것도 맞혀 봐라!"

소도둑질까지 하는 사나운 놈이 화가 나서 을러대는데, 저놈이 손에다 뭘 쥐었는지 알 도리가 있나요?

사실 어려서부터 이 서방은 동무들 사이에서 '이메뚜기'라는 별명으로 불렸어요. 이제 사나운 소도둑놈에게 맞아 죽게 생기자 그는 '아이코, 이제 나는 여기서 죽었구나.' 하는 생각에 한탄 섞인 목소리로 중얼거렸어요.

"애먼 이메뚜기가 이제 죽었구나. 애먼 이메뚜기 죽었어!"

이 서방이 제 입으로 자기는 이제 죽었다며 원통해

하는데, 진짜 메뚜기 한 마리를 호박잎으로 싸서 쥐고 있던 온이란 놈은 그 소리를 듣고 돌아서서 슬그머니 주먹손을 펴 보았어요. 그랬더니 정말로 메뚜기가 눌려서 죽어 있지 뭐예요?

"이런! 저놈이 알긴 용케 아는구나!"

깜짝 놀라면서 은근히 겁이 나기도 한 온 서방은 이 서방을 향해 냅다 퍼부었습니다.

"넌 천생 점쟁이로 벌어먹을 팔자다. 에잇, 잘 먹고 잘 살아라!"

그러고는 헐레벌떡 내뺐지요.

이 서방 부부는 마수걸이(장사에서 맨 처음 돈을 버는 일)로 번 돈을 밑천 삼아 읍내에 거처를 정하였어요. 금세 점을 잘 본다고 소문이 나 몇 달 만에 큰돈을 벌

었답니다. 일 년도 안 되어 집도 사고 땅도 살 만큼 재산이 쌓였지요.

그때쯤에는 어디 사는 이메뚜기가 명판수라고 사방에 이름이 나서 임금님 귀에까지 들어갔습니다.

임금님에게는 근심이 하나 있었어요. 임금님이 몹시 귀여워했던 막내딸이 궁궐 밖으로 시집을 가면서 금 두꺼비를 아바마마께 선물로 드리고 갔대요. 임금님은 딸이 보고 싶을 때마다 금 두꺼비를 꺼내어 쓰다듬기도 하고 등을 누르면 앞으로 뛰어나가는 꼴을 보고 즐거워하기도 했습니다.

그런데 글쎄 얼마 전에 어느 못된 놈이 그 금 두꺼비를 훔쳐 가 버린 거예요.

임금님은 전국에 방을 내렸어요.

"나라 안에 이름난 명판수를 모두 불러들여라.

금 두꺼비를 찾아 주는 이에게는 천금의 상과 벼슬을 내리겠노라."

이 방을 본 백성들은 수군수군했어요.

"금 두꺼비를 찾을 사람은 이메뚜기밖에 없지."

관청의 수령 관속들이 돌아다니다가 소문을 듣고 그런 양반이 어디 있느냐고 물으니 바로 이 서방네 집을 가르쳐 주더랍니다. 그들은 가마를 대령하고 이 서방을 찾아가 궁궐로 가자고 재촉했어요. 임금님의 명이라니 이 서방은 안 따라갈 도리가 없었지요.

마누라가 한탄해요.

"당신 점치는 거 그만하라고 내가 몇 번이나 말했나요? 나라님이 부르신 마당에 점을 잘못 치면 대번에 목이 떨어질 텐데, 아이고 이젠 꼼짝 못 하고 죽게

생겼네."

"하하, 우리 같은 백성이 언제 궁에 들어가 임금님
얼굴까지 볼 수가 있겠나? 내 이제 높은 벼슬을 받아
올 테니 걱정 마오."

이 서방이 가마를 타고 서울로 올라가 궁궐에 들어가니, 날마다 내다보며 기다리던 임금님은 몹시 반기며 그에게 물었습니다.

"먼 길 오느라고 수고가 많았구나. 그나저나 내 재물은 언제 찾아 주려는고?"

이 서방은 죽을 때 죽더라도 궁에서 한 달은 호강해 보고 죽을 생각으로 이렇게 대답했지요.

"전하, 재물이 없어진 것은 어쨌든 복이 나가는 조짐이라, 부정이 들기 시작했음을 뜻합니다. 부정을 깨끗이 해 주는 기도를 정성 들여 올리는 데 한 달은 걸리지요. 그리고 나서 금 두꺼비를 누가 어디에 훔쳐

다 놓았는지 알아내는 데 다시 보름이 걸리니, 한 달
보름의 말미(일을 하는 데 걸리는 시간)를 주옵소서."
　　임금님은 마음이 급했지만 나라에서 제일가는 점
쟁이가 그렇게 시간을 달라 하니 금
두꺼비 찾을 생각에 원하는 대로
들어주기로 했어요.

　임금님은 이 서방에게 궁에서 가장 조용하고 깨끗
한 집채를 내주고 궁인 남녀 십여 명이 드나들며 밥
시중 술 시중을 들도록 하고, 닷새에 한 번씩 잔치까
지 열어 주었습니다.

한 달 보름이 거의 다 되어 가는데 이 서방은 도둑 놈이 누구인지 알아내기는커녕 금 두꺼비를 어디에 숨겼는지도 알 수가 없었지요.

그이는 정해진 날짜가 하루 앞으로 다가오자 특별히 대청마루에 혼자 앉아 초와 향을 켜 놓고 눈을 감고 기도에 들어갔습니다.

사실 금 두꺼비를 숨긴 이는 공주가 시집가기 전까

지 공주를 모시던 또래의 궁녀였습니다. 용한 점쟁이가 도둑을 잡아내고 금 두꺼비를 찾아낸다고 하니 궁녀는 겁이 나서 마음을 졸이고 있었지요.

내일이면 점쟁이가 임금님께 금 두꺼비 도둑과 감춰 놓은 장소를 모두 고하게 되었으니, 어린 궁녀는 마루 밑에 숨어 점쟁이의 동정을 살피던 중이었어요.

기도를 하던 이 서방이 혼자 중얼거렸어요.

"이래 죽으나 저래 죽으나 내일은 꼭 죽겠구나. 틀림없이 내일은 죽겠네. 금 두꺼비 때문에 죽겠어."

한 달 보름이 지나도록 아무것도 찾아내지 못한 자신의 처지를 한탄하는 소리였지요.

그런데 마루 밑에 숨어 있던 궁녀에게는 그 말이

꼭 자기를 꾸짖는 소리로 들리는 거예요. 궁
녀는 저도 모르게 울먹이며 말대꾸했습니다.

"금 두꺼비 돌려줄게요. 돌려주면 되잖아요.
목숨만은 살려 주시와요."

이 서방은 흠칫 놀랐으나 내색하지 않고 다시 중
얼거렸어요.

"그래, 금 두꺼비가 어디 있는지 고하면 죄는 다시
묻지 않을 것이니라."

궁녀는 마루 밑에서 빠져나와 이 서방을 향해 단
한마디를 외치고는 달아나 버렸습니다.

"임금님의 용상 아래를 찾아보셔요!"

이 서방은 궁녀의 말을 듣고 어찌 된 일인지 자초
지종을 대강 짐작했지요.

아마 임금님이 금 두꺼비를 그리 아끼는 줄 몰랐

던 궁녀들이 공주가 갖고 놀던 다
른 장난감처럼 금 두꺼비를 정리하
여 간수해 왔겠지요. 그런데 임금님이
그것을 도둑맞았다고 다그치니, 궁녀는 무서
워서 금 두꺼비를 더욱더 꼭꼭 숨겨 두었을 겁니다.

이 서방은 이런 말을 입 밖에 내면 공연히 궁인들
에게 큰 화가 미칠 것이 염려되었어요. 그래서 그는
달리 임금님께 아뢸 말을 생각해 두었대요.

이튿날 메뚜기 이 판수는 임금님이 나랏일을 돌보
는 근정전으로 불려 나갔습니다. 임금님은 한 달 보
름을 기다려 왔는지라 이 판수가 들어와 엎드리자마
자 급히 물었습니다.

"그래, 금 두꺼비를 훔쳐 간 도둑이 누구인지, 그것
을 어디에 숨겼는지 알아냈느냐?"

이 판수는 대답 없이 납작 엎드린 채로 임금님을

향하여 엉금엉금 기어가기 시작했어요. 모두 놀라서 바라만 보다가 그가 임금님이 앉은 용상 바로 근처까지 기어가자, 좌우의 호위무사가 달려들어 이 판수를 잡아 일으켰습니다.

"네 이놈! 이게 무슨 짓이냐?"

두 무사가 윽박지르며 물으니 이 판수가 잡힌 채로 대답했어요.

"저 용상 아래를 살펴보십시오."

한 무사가 몸을 숙이고 손을 넣어 의자 아래를 더듬어 보더니, 곧 금 두꺼비를 찾아내 치켜들어 보였습니다. 이윽고 주위 신하들이 일제히 탄식하는 소리가 들렸습니다.

임금님은 무사가 바치는 금 두꺼비를 받아 들고 기뻐했지요.

"오오, 그대는 과연 천하제일의 명판수로다!"

임금이 내관에게 금 두꺼비를 넘기고 나서 이번에는 정색하고 이 판수에게 물었습니다.

"그래, 임금의 소중한 물건을 감히 여기 숨겨 둔 도둑은 누구냐?"

이 판수는 대답했어요.

"원래 사람이 아껴서 정이 깃든 귀한 물건에는 저절로 능력이 생겨납니다."

"그게 무슨 말인고?"

"주인이 아끼던 물건을 소홀히 대하거나 잘 간수하지 못하면 물건 스스로 숨거나 다른 이가 취하도록 하지요. 이를 보물의 스스로 감추는 능력이라고 합니다."

임금은 그 말에 고개를 깊이 끄덕이고는 모두를 둘러보더니 말했습니다.

"참으로 뜻이 깊은 말이로다! 이 사람에게 약속대로 상금을 주고 벼슬을 내리도록 하여라."

이 판수는 나라에서 내리는 상금은 받겠으나 벼슬은 가당치 않다며 극구 사양하였습니다. 그이는 당일로 궁을 나가 객점(나그네가 음식을 사 먹거나 쉬던 집)에 머무르며 집으로 돌아갈 채비를 했어요.

저녁밥을 먹을 때쯤 객점 주인이 누군가를 데리고 방문 앞에 와서 이 판수를 찾았습니다. 문을 열어 보니 손님은 너른 갓을 쓰고 비단 도포를 입었는데, 그 모습이 예사로워 보이지 않았어요. 이 서방은 자신이 묵는 방으로 손님을 들였습니다.

손님은 방에 들어와 이 서방과 마주 앉자마자 정식으로 두 손을 모아 큰절을 했습니다. 깜짝 놀란 이 판수는 영문도 모른 채 맞절을 했지요.

"저는 궁궐의 내시 아무개입니다. 이번에 금 두꺼비 일로 궁인들이 큰 화를 입을 뻔한 것을 명판수께서 현명하게 처리해 주셔서 궁인들 모두 하늘 같은 은혜를 입었습니다.

저희 제조상궁(가장 높은 궁녀)께서 판수님께 꼭 필요한 선물을 보내 드리라 하였습니다. 이는 오래전에 먼 남방국에서 사 온 물건이라 하옵니다. 명판수께서

거두어 주옵소서."

　손님은 비단 보자기에 싼 물건을 이 서방의 무릎 앞에 내민 뒤 다시 큰절을 올리고는 바로 떠났습니다.

　이 서방이 보자기를 풀어 보았더니 물소의 뿔로 만든 둥근 안경집이었어요. 안에는 누런 뿔테의 오래된 돋보기안경이 들어 있었지요. 이 서방은 대수롭지 않게 생각하고 안경을 다시 안경집에 넣어 보자기에 싸 두었습니다.

이튿날 새벽에 길을 떠나 한강을 건너 과천 지나 충청도 지경에 이르러 주막에 갔는데, 혼자 쓰는 방은 다 차고 없었어요. 그리하여 이 서방은 여럿이 함께 자는 봉놋방에 묵게 되었습니다. 기다란 방에 일고여덟 명이 나란히 누워 자야 했지요.

사람이 많으니 이 서방은 선물받은 귀한 안경을 간수하려면 직접 쓰고 자는 게 낫겠다 싶었습니다. 그런데 안경을 꺼내어 쓰자마자, 바로 옆 사람이 길을 가는데 산에서 큰 돌이 굴러 내려와 그를 덮치는 장면이 보이는 게 아니겠어요?

안경을 벗고 보면 그 사람은 지금 한쪽 팔을 머리에 얹고 세상 모르게 자고 있어요. 안경을 쓰니 그 장면이 또 보입니다.

이 서방은 너무도 신기하여 안경을 쓴 채 이 사람 저 사람 살펴보기 시작했지요.

이 방에 든 사람 중에 일행 다섯 명은 상인들이었고, 맨 아래 창문 옆에 자는 사람은 산적이었어요.

이 서방은 안경 쓴 눈으로 그들을 살펴보았어요.

상인 일행이 말에 짐을 싣고 고개를 넘어가는데, 산

적이 패거리를 이끌고 상인들의 물건을 모조리 빼앗아 달아나는 겁니다. 그 장면이 꿈꾸는 것처럼 자세히 보였지요.

이튿날 아침, 이 서방은 아침밥을 먹으면서 바로 옆에서 자고 일어난 사람에게 넌지시 말했습니다. 전날 안경으로 처음 살펴본 그 사람이었어요.

"이따가 고개를 넘다 낙석(산이나 벼랑 위에서 떨어지는 돌)을 만날지 모르니 조심해서 길을 가시오."

이 서방의 말에 그가 물었어요.

"뭐 아시는 말 하는 분이오?"

"예, 내가 아는 소리 좀 합니다."

"알겠소. 유념하리다."

그다음 이 서방은 주막 주인에게 여기서 가까운 곳에 관아가 있는지 확인했어요. 그러고는 몇 자 적은 편지를 주인에게 주고 관아에 가서 고하라고 했지요.

주막에 묵었던 사람들이 제각기 차례로 길을 떠나 고개를 넘기 시작했습니다.

낙석을 만날 것이니 주의하라는 말을 들었던 이가 겪은 일입니다. 그는 고개를 넘어가며 오른편의 산언덕을 끊임없이 살폈어요. 그때 가파른 절벽 위에 휘어진 나무 한 그루가 산바람을 맞아 거칠게 흔들리는가 싶더니, 흙이 무너지고 그 아래 박혀 있던 바위가 굴러 떨어지는 게 아니겠어요?

그 사람은 낙석에 대비하고 걷던 참이라 얼른 달음박질하여 그 자리에서 멀찍이 비켜섰어요.

"아이쿠, 그 사람 덕분에 목숨을 건졌구나!"

그는 땅바닥에 주저앉아 이마의 땀을 씻으며 중얼거렸어요.

또한 다섯 명의 상인이 말 등에 가득 짐을 싣고 고개를 넘어가는데, 저 앞 산등성이 양편에 몽둥이와 칼을 든 장정 일고여덟 명이 기다리고 있었어요. 그 장정들과 한 패로 주막에서 잠을 잤던 사내가 상인들 뒤를 따라가다가 휘파람 소리를 내자 산적 놈들이 양쪽에서 거칠게 쏟아져 나왔습니다.

상인 바로 뒤에 섰던 자가 품에서 칼을 빼 들고 외쳤어요.

"죽기 싫으면 모두 꼼짝 말고 제자리에 엎드려라!"

숲에서 뛰어나온 산적들이 무기를 들고 위협하며 말고삐를 빼앗아 잡았어요. 상인들은 모두 벌벌 떨며 땅에 엎드렸습니다.

그런데 바로 그때 뒤에서 창칼을 치켜든 포교와

포졸들이 잇달아 달려들었지요. 이들은 이 서방의 신고를 받고 뒤를 따라 달려온 고을 군사들이었어요.

산적들 몇몇은 달아났지만 대다수는 잡혔습니다. 장사꾼들이 빼앗겼던 말과 상품은 고스란히 되찾을 수 있었어요.

이 서방은 이번 일로 더욱 유명해졌습니다. 별명이 '이메뚜기'라는 판수는 그야말로 하늘이 내리신 명인이라고 전국에 소문이 났지요.

게다가 앞날을 훤히 내다볼 수 있는 신묘한 안경까지 손에 쥐었으니 이제 그를 따라올 판수는 없는 듯했습니다.

한데 명판수 이메뚜기의 소문은 오래지 않아 잠잠
해졌어요. 그와 그의 가족들이 갑자기 자취를 감추어
버렸거든요. 그것은 남편의 점쟁이 노릇을 늘 염려하
던 아내의 결정이었답니다.

　　아내는 남편의 안경이 보통 사람의 살이에는 쓸모
가 없고 걱정만 안겨 주는 물건이라고 생각했어요.
그래서 몰래 가지고 나가 큰 강물에 던져 버렸대요.
그러고는 남편에게 산에 들어가 조용히 살자고
간절하게 청했지요.

세월이 흘러 이메뚜기라는 명판수가 식구
를 모두 데리고 신선들의 땅으로 들어가
백 살이 넘도록 살았다는 이야기가
전해졌답니다.

황석영의 어린이 민담집

24 · 소문난 점쟁이 이메뚜기

© 황석영 2025

1판 1쇄 인쇄 2025년 1월 20일 | **1판 1쇄 발행** 2025년 2월 6일

글 황석영 | 그림 최명미
펴낸이 황상욱

편집 이은현 박성미 | **디자인** 박지수 | **경영지원** 황지욱 | **마케팅** 윤해승 장동철 윤두열
제작처 더블비(인쇄) 신안제책사(제본)

펴낸곳 ㈜휴먼큐브 | **출판등록** 2015년 7월 24일 제406-2015-000096호
주소 03997 서울특별시 마포구 월드컵로 14길 61 2층
문의전화 02-2039-9462(편집) 02-2039-9463(마케팅) 02-2039-9460(팩스)
전자우편 yun@humancube.kr

ISBN 979-11-6538-440-1 73810

- 아이휴먼은 ㈜휴먼큐브의 어린이 교양 브랜드입니다. 이 책의 판권은 지은이와 아이휴먼에 있습니다.
- 이 책 내용의 전부 또는 일부를 재사용하려면 반드시 양측의 서면동의를 받아야 합니다.
- 잘못 만들어진 책은 구입하신 서점에서 교환해드립니다.
  인스타그램 @ihuman_books **페이스북** fb.com/humancube44

어린이제품 안전특별법에 의한 기타표시사항
제품명 도서 | **제조자명** ㈜휴먼큐브 | **제조국명** 대한민국 | **전화번호** (02)2039-9462
주소 03997 서울특별시 마포구 월드컵로 14길 61 2층 | **제조년월** 2025년 2월 6일 | **사용연령** 3세 이상

우리 시대 최고의 이야기꾼
황석영 작가가 새롭게 쓴
진짜 우리 이야기!

황석영의 어린이 민담집
시리즈

도서 목록

『황석영의 어린이 민담집』은 계속 출간됩니다.